Heinz Landon-Burgher

Wie Churchill Hitlers
Leben rettete

Interpretation einer Geschichte aus dem
Londoner Decamerone

Herstellung und Verlag:
BoD – Books on Demand, Norderstedt
Copyright: 2019 Karl Heinz Landenberger
ISBN 978-3-7494-7057-0

Autor und Leser

Erst seitdem ich selbst ein Buch geschrieben habe, ist mir so richtig bewusst geworden, wieviel Schwierigkeiten es zu überwinden gibt, damit die Absicht des Schreibers beim Verfassen einer Geschichte vom Leser verstanden wird.

Haupthindernis

Jede Geschichte setzt beim Leser bestimmte Grundkenntnisse voraus. Das gilt besonders für Texte mit politischem Hintergrund. Wenn der „Rahmen" nicht vorhanden ist, innerhalb dem das Erzählte spielt, kann das Geschehen nicht eingeordnet, und also auch nicht verstanden werden. „Frame - Denken" nennt man das heutzutage.

Wer ist Churchill?

Die jüngere Generation lebt ganz im Hier und Jetzt. Geschichtsunterricht an den Schulen ist weitgehend abgeschafft worden. Zumindest an die jüngste Vergangenheit, an die beiden Weltkriege und die Nachkriegszeit sollte möglichst nicht mehr erinnert werden. Folglich haben nur wenige der nach 1965 Geborenen – das Sterbedatum Churchills – den Namen Churchill je gehört. Von seiner Politik können sie logischerweise keine Ahnung haben.

Abhilfe

Das einzige, was ein Schriftsteller dagegen tun kann, damit Menschen mittleren Alters, und auch „junge Leute" die

Londoner Geschichten mit Interesse lesen können, es müssen die bei ihnen fehlenden Vorkenntnisse geschaffen werden, d.h. konkret, der Autor muss sehr viel ausführlicher und anschaulicher erzählen, damit jeder sich ein Bild machen kann, um was es geht, und dass er danach beurteilen kann, wie das Erzählte zu bewerten ist.

„Bürgerbräukeller" und „Zwischenfall von Venlo"

Diese beiden Ereignisse gehören zusammen. Zu ihrem Verständnis möchte ich die dafür notwendigen Informationen bereitstellen.

Fachleute

Für Historiker sind diese Erklärungen natürlich überflüssig. Geschichtslehrern von früher, sie sind jetzt pensioniert, ist das ganze Umfeld der Geschehnisse natürlich bekannt. Eine Diskussion mit ihnen wäre auch in der vorliegenden Kurzfassung der Ereignisse ohne weiteres möglich. Das haben mir Gespräche mit älteren Kollegen bestätigt. Für die heutigen Lehrer, die noch im aktiven Schuldienst stehen, sind diese Ereignisse aber schon zu lange zurückliegend. Man kann nicht verlangen, dass sie Kenntnis davon haben, was so lange vor ihrer Geburt passiert ist.

Unterstützung durch das Internet

Vor noch gar nicht allzu langer Zeit hat uns die moderne Technik ein großartiges Instrument mit an die Hand gegeben, mit Hilfe dessen wir auch lange Zurückliegendes uns vergegenwärtigen können. Wir haben Zugriff auf Dokumentationen, Fotos, Videos in einer Vielzahl, wie wir uns das vor wenigen Jahren noch nicht vorstellen konnten. Beginnen wir also einfach damit, dass wir bei Google die Kapitelüberschrift „Bürgerbräukeller" eingeben.

„Bürgerbräukeller"

Wir erfahren: Es ist eine Großschankstätte an der Rosenheimer Straße in München. Das Gebäude bietet Platz für mehr als 1.800 Gäste. Es wurde schnell ein beliebter Ort für politische Veranstaltungen. Besonders während der Zeit der Weimarer Republik. Ab 1933 hielt Hitler dort regelmäßig am 08. November eine Rede zur Erinnerung an seinen ersten Putschversuch am 08. November 1923 am selben Ort.

Bierkeller-Putsch

Dieser erste Putschversuch Hitlers ging als „Bierkeller-Putsch" oder „Hitlerputsch" oder auch als „Marsch zur Feldherrnhalle" in die Geschichte ein. Nach dem zunächst erfolgreichen Staatsstreich im Bürgerbräukeller marschierten Hitler und seine Anhänger geschlossen zur Feldherrnhalle in München, um ihren Sieg öffentlich zu feiern.

Münchner Polizeichef

Der Münchner Polizeichef war allerdings nicht im Bürgerbräukeller und konnte auch nicht wie die dort anwesenden Regierungsmitglieder des Freistaats Bayern gefangen genommen werden. Er stellte sich mit seiner gesamten Polizeimacht gegen die Aufständischen. Im offenen Straßenkampf, er ging zu Ungunsten der Nationalsozialisten aus, fielen vier Polizisten, aber 16 Hitleranhänger wurden erschossen, der Rest gefangen genommen.

Vorgänge im Bürgerbräukeller

Was war zuvor dort geschehen? Die bayrische Regierung hatte eine Großveranstaltung organisiert. Der Keller war vollständig besetzt. Was aber nicht bemerkt wurde, dass Röhm mit seiner paramilitärischen SA das Gebäude umstellt hatte, und als der vereinbarte Zeitpunkt des Losschlagens, eine halbe Stunde nach Beginn der Veranstaltung um 20.30 Uhr gekommen war, marschierte Hitler zusammen mit Göhring in die Mitte des vollbesetzten Saales, stieg auf einen Stuhl, reckte seinen rechten Arm mit der Pistole in der Hand in die Höhe und schoss in die Decke. Auf diese Weise bekam er die Aufmerksamkeit für seine Rede. Er erklärte, dass er nun der Regierungschef und dass die alte Regierung abgesetzt sei. Und schon strömten auch SA Leute in den Saal und nahmen die Regierungsmitglieder gefangen. Es blieb den drei Hauptverantwortlichen nichts anderes übrig, als in den Staatsstreich einzuwilligen. Der Ministerpräsident von Bayern wurde unter Leitung von Rudolf Hess festgenommen. Bei vorgehaltener Pistole konnten sie keinen Widerstand leisten. Sie wären sonst erschossen worden.

Vorbild Mussolini

Hitler wollte nun als neuer bayrischer Ministerpräsident mit der regulären bayrischen Armee nach Berlin marschieren, um die Reichsregierung dort abzusetzen.
Als Vorbild hatte er Mussolinis Marsch auf Rom im Blick.

Haft in Landsberg

Der Münchner Putsch war allerdings letztendlich nicht erfolgreich und der Marsch auf Berlin fand nicht statt. Stattdessen kamen Hitler und seine Anhänger in Haft auf der Festung Landsberg. In einem Prozess wurde er wegen Hochverrats zu 12 Jahren Festungshaft verurteilt.

Ludendorff

General Ludendorff war bei all diesen Vorgängen die eigentlich zentrale Figur. Im 1. Weltkrieg war er der bekannteste General. Die entscheidende Schlacht von Tannenberg im Osten gegen die zaristischen, russischen Truppen war ihm zu verdanken. Er wurde deshalb sogar zeitweise Stellvertreter des Reichspräsidenten Graf von Hindenburg. Auf dem Marsch zur Feldherrnhalle ging er in der ersten Reihe in der Mitte. Rechts von ihm Göhring, der bekannteste Jagdflieger des 1. Weltkriegs, hoch dekoriert. Links von ihm ging Hitler, ebenfalls in Zivil. Er hatte es im Weltkrieg nur bis zum Gefreiten gebracht und wurde von Ludendorff deshalb nicht groß geschätzt. Ludendorffs Autorität war so groß, dass die Münchener Polizei nicht wagte, auf ihn zu schießen. Er blieb vollkommen unverletzt. Im Prozess später wurde er frei gesprochen wegen seiner Verdienste im 1. Weltkrieg.

Göhring

Er wurde zweimal getroffen. Ein Schenkeldurchschuss und ein Schuss in die Lende. Hitler wurde von seinem Leibwächter gedeckt, der von elf Kugeln durchsiebt auf Hitler stürzte und ihn mit zu Boden riss, was Hitler das Leben rettete. Mit leichten Verletzungen konnte er entkommen. Im Landhaus der befreundeten Familie Hanfstaengl an einem oberbayrischen See fand er Zuflucht, wurde aber dort doch aufgespürt.

Ein katholischer Priester spendete den Sterbenden auf dem Odeonsplatz das letzte Sakrament, die heilige Ölung. Der bekannte Professor Sauerbruch versorgte die Verwundeten.

Vergleich zu heute

Vorgänge, wie die soeben geschilderten, wären in unserer Zeit völlig unvorstellbar. Möglich war es damals nur, weil nach dem ersten verlorenen Weltkrieg die staatliche Macht vollkommen zusammengebrochen war. So hatte Johannes Eisner, ein radikaler Sozialist, 5 Jahre vorher mit einer Handvoll heimkehrender Soldaten, die mit ihren Waffen sich von der Front ins Heimatland durchgeschlagen hatten, den bayrischen König für abgesetzt erklärt. Dieser musste, da er nicht einmal eine Leibwache hatte, fliehen, und Eisner konnte den Freistaat Bayern ausrufen.

Räterepublik

Was eine Truppe von 30 Bewaffneten in einer Zivilgesellschaft ausrichten kann, das hat Eisners Experiment nachdrücklich gezeigt. Als dann aber eine Räterepublik nach dem bolschewistischem Vorbild Russlands in München errichtet werden sollte zeigte sich, wie wenig Rückhalt Eisners Radikal-Sozialisten in der Bevölkerung hatten. Er kam gerademal auf 2,5 %.

Machtverhältnisse 1923

Auch Hitlers Anhänger waren zu jenem Zeitpunkt eine kleine Minderheit. Er ist in die NSDAP eingetreten, er hat sie nicht gegründet, als in der Parteikasse gerade noch 12,18 DM. Aufgrund seiner rednerischen Begabung – er gilt als Demagoge – füllten seine Veranstaltungen aber bald den Bürgerbräukeller und schließlich musste man auf die größere Anzahl von Sitzplätzen des ständigen Zirkus Krone in München ausweichen.

Die SA von Röhm

Die größte paramilitärische Gruppe der damaligen Zeit waren die ehemaligen kriegserprobten Kämpfer, die sich um Ernst Röhm geschart hatten. Er arbeitete zeitweilig mit Hitler zusammen, so auch bei diesem Putsch.

Mitgefangener Rudolf Hess

Ein Mitkämpfer der ersten Stunde war Rudolf Hess. Er kam zusammen mit Hitler auf die Festung Landsberg. Dort fand Hitler die Zeit, seine politischen Gedanken in einem Buch „Mein Kampf" zusammenzustellen. Eine Heidenarbeit, zumal es bei den damaligen Schreibmaschinen noch nicht die Möglichkeit gab, fehlerhaft Texte im Nu zu verbessern. Hess, der sehr erfahren war, soll den größten Teil des Buches nach Hitlers Diktat geschrieben haben.

Freilassung

Nach Verbüßung von 5 Haftjahren wurde Hitler und Hess vorzeitig freigelassen und Hitler stieg sofort wieder in die Politik ein. Seine „Bewegung" wuchs und nach 1932 errang seine Partei mit 37 % den größten Stimmenanteil bei den Reichstagswahlen. Das bewog Graf von Hindenburg „den Bock zum Gärtner zu machen", wie man Hitlers Ernennung zum Reichskanzler spöttisch kommentierte.

Ritual

Ab 1933, nach dem Ermächtigungsgesetz, wurde Hitler Diktator auf Lebenszeit. Von da an wurde jährlich am 08. November mit großem Pomp des ersten Hitlerputsches und der 16 Blutzeugen im historischen Bürgerbräukeller gedacht. So auch am 08.11.1939.

Polenfeldzug

Nur wenige Wochen zuvor hatte offiziell der 2. Weltkrieg begonnen. „Ab heute früh um 5 Uhr wird zurückgeschossen", hatte Hitler verkündet und mit der Beschießung der Westernplatte vor Danzig begonnen.

Leitartikel in der Weltpresse

Die schon seit Wochen verfassten und druckreif vorliegenden Leitartikel der Weltpresse für „La Une", die erste Seite der großen Tageszeitungen in Le Monde in Paris, Times in London und New York feierten den großen Sieg der Polen, die mit ihrer Kavallerie alles niederritten, was sich ihnen in den Weg stellte, und die mühelos die Deutschen in die Knie zwangen.
Der „Überfall auf Polen" war also keine Überraschung. Nur, dass er ganz anders verlief als angenommen.

Hitlers Darstellung

Hitler ging in seiner Rede an diesem Tag im Bürgerbräukeller selbstverständlich auf den Kriegsbeginn ein. Dieser lag ja gerade vier Wochen zurück. Er hat in seiner Rede wörtlich gesagt: „Unsere polnischen Gegner wären niemals in diesen Krieg gezogen, wenn sie nicht von englischer Seite hineingetrieben worden wären. England hat ihnen den Nacken gestärkt und hat sie aufgeputscht und aufgehetzt".
Das stimmt. In den Protokollen kann man nachlesen, wie die Engländer systematisch jede Verständigung der Polen mit den Deutschen wegen des Baus einer Autobahn und einer exterritorialen Bahnverbindung zwischen dem Reichsgebiet und Ostpreußen torpediert haben. Was eine Selbstverständlichkeit aus heutiger Sicht gewesen wäre.

Kriegsverlauf

Zum Kriegsverlauf führte Hitler aus: „Es war nicht so, dass etwa der Pole feige gewesen wäre, oder dass er nur gelaufen wäre, so war es nicht. Er hat sich an vielen Stellen sehr tapfer geschlagen. Trotzdem ist ein Staat, der mit über 36 Millionen Menschen, mit 50 Divisionen, und der über einen durchschnittlichen Rekrutenjahrgang von 300.000 verfügte... Trotzdem ist dieser Staat in sage und schreibe 10 Tagen militärisch geschlagen, in 18 Tagen vernichtet und in 30 Tagen zur restlosen Kapitulation gezwungen worden".

Hilfe blieb aus

Die versprochene Hilfe Englands, falls Polen überfallen würde, blieb aus. Auch Frankreich rührte keinen Finger. Beide Staaten erklärten Deutschland den Krieg. Das war´s dann.

Als Russland die östliche Hälfte Polens besetzte, was im Hitler-Stalin-Pakt vereinbart war, kam keine der westlichen Mächte auf die Idee, den Polen beizustehen, was sie ja im Beistandspakt versprochen hatten. Kein einziges Schiff der Engländer oder Franzosen machte sich auf den Weg nach Danzig, um Hilfe zu leisten.

Die Polen wurden beispiellos betrogen. Unbegreiflich nur, dass sie das bis heute noch nicht gemerkt haben.

Das geplante Attentat

All das konnte die Zuhörerschaft am 08.11.1939 im Bürgerbräukeller hören. Außer den 1830 Sitzplätzen waren noch mehrere hundert Stehplätze dazugekommen, denn dieses Datum wenige Wochen nach dem Ausbruch des Weltkriegs zog die Massen an, die vom Führer hören wollten, wie es denn nun weitergehen sollte.

Nebel

Hitler kam mit der gesamten Politprominenz aus Berlin angeflogen. Aber es stand fest, dass aufkommender Nebel den Rückflug behindern könnte, deshalb war schon ein kompletter Sonderzug mit Waggons für tausend Rückreisende im Münchener Hauptbahnhof bereitgestellt. Da aber die Rückreise per Zug länger dauert als der Rückflug, musste die Rückreise vorverlegt werden auf 22 Uhr. Hitler sollte am folgenden Tag rechtzeitig wieder sein Arbeitspensum aufnehmen können. Seine Rede im Bürgerbräukeller musste also schon nach einer Stunde um 21 Uhr beendet werden und nicht wie üblich nach 2 Stunden.

Exakter Zeitplan

Seine Rede endete auch pünktlich um 21 Uhr. Es dauerte noch 7 Minuten bis er und sein Gefolge, die komplette Reichsregierung, den Saal verlassen hatten. Danach leerte sich der überfüllte Saal, 13 Minuten später war er fast leer. Nur etwa hundert Besucher der Veranstaltung standen in kleinen Gruppen vor dem Ausgang, um miteinander Hitlers Rede zu diskutieren, als die Detonation losging.

Der mittlere Pfeiler

Der statisch wichtigste Pfeiler in der Mitte, hinter Hitlers Rednerpult, zerbarst und die komplette Deckenkonstruktion im vorderen Teil der Halle stürzte zusammen. Dort wäre die gesamte Politikprominenz gesessen. Aber auch der hintere Teil der Halle dort, wo noch die wenigen Anwesende sich aufhielten, wurde so stark in Mitleidenschaft gezogen, dass acht der Anwesenden tödlich verletzt und 16 schwerverletzt wurden. Die restlichen etwa 80 Personen waren mittelschwer verwundet.

Maximale Wirkung

Man stelle sich vor, was passiert wäre, wenn der Bürgerbräukeller noch mit über 2.000 Gästen besetzt gewesen wäre. Es wäre das erfolgreichste Attentat aller Zeiten geworden. Hitler und seine gesamte Führungsriege wären mit einem Schlag ausgelöscht gewesen. Alte Kämpfer bis in die mittleren Ränge wären umgekommen. Der 2. Weltkrieg wäre noch vor dem eigentlichen Ausbruch gestoppt worden. 100 Millionen Kriegstote hätte es nicht gegeben. Holocaust und Vertreibung wären unbekannt geblieben.

Vergleich mit 9/11

Selbst 9/11, der Zusammensturz der World Trade Towers könnte sich nicht messen mit diesem Ereignis. Zwar ist das Krachen der Flugzeuge in die Türme spektakulärer. Auch 3.000 Tote hätten zahlenmäßig die 2.000 Toten übertroffen. In New York waren es aber Unbeteiligte, Touristen, Angestellte in den Hochhäusern, Feuerwehrleute, ... In München wäre es aber der Führer persönlich und seine gesamte Regierungsmannschaft und die komplette Parteispitze und die Anführer der gesamten Partei gewesen. Der Nationalsozialismus wäre mit einem Schlag total ausgelöscht gewesen.

Wer war der Attentäter?

Es war ein gelernter Schreiner von der Schwäbischen Alb. Sein Name Johann Georg Elser. Er wurde 1903 in der Nähe von Heidenheim geboren. Er gilt als Einzeltäter. Dieses ganze Spektakel hat er sich ohne Mithilfe ausgedacht. Wenn es geklappt hätte, hätte man ihm nicht nur Standbilder errichten müssen oder Gedenktafeln anbringen, wie inzwischen geschehen, sondern eine monumentale Ruhmeshalle hätte man errichten müssen, für den erfolgreichsten Attentäter aller Zeiten.
Ja nun, leider, kam es ganz anders. Wie heißt es so schön.

Der Mensch denkt
und Gott lenkt.
(„keine Red´davon" ergänzt Brecht)

Mitwisser

Elser war zwar Einzeltäter. Aber so ganz ohne Mitwisser ging es nicht. Um das Attentat vorzubereiten, musste er sich in München einmieten. Er hatte dort keine Arbeit, also auch keinen Lohn. Wie sollte er die Miete bezahlen. Jeden Abend ging er in den Bürgerbräukeller. Dort gab es für 60 Pfennig ein Abendessen für Arbeiter. Auch das musste bezahlt werden. Immerhin wusste er als Mitglied des paramilitärischen Roten Frontkämpferbundes, wo er Geld bekommen konnte. Es gab in Zürich eine Stelle des britischen Geheimdienstes, wo man ihm im Dezember 1938 4.000 Mark ausbezahlte, zur Vorbereitung eines Attentats. Also mindestens der englische Geheimdienst war eingeweiht und natürlich auch der Chef des Geheimdienstes Winston Churchill.

Weitere Mitwisser

Mindestens eine Kellnerin muss von Anfang an aktiv in seinen Plan eingeweiht gewesen sein. Vermutlich kannte er sie noch aus seiner aktiven Zeit beim Rotfront-Kämpferbund. Sie hat ihm einen Schlüssel zur Besenkammer gegeben oder hat sie selbst für ihn aufgeschlossen. Elser musste sich nämlich verstecken und jedes Mal nach der Schließung des Lokals bis auch das Personal endgültig die Schankstätte verlassen hatte. Dann erst konnte er mit seiner „Arbeit" beginnen.

30 Nächte

Elser ging sehr planmäßig zu Werk. Der Zeitpunkt des Attentats stand fest: Hitlers Rede am 08. November. Bis dahin musste der tragende Pfeiler hinter seinem Rednerpult ausgehöhlt sein. Der Sprengstoff, der Zeitzünder herbeigeschafft, und darin verstaut. Dabei war schon das Wegtragen des herausgemeisselten Steins und des anfallenden Gipses jeden Morgen eine schwere Arbeit. In einem Papiersack, einem Karton, manchmal auch in einem Koffer, trug Elser den Schutt zur Isar und schüttete ihn hinein. Dieser Vorgang konnte nicht verheimlicht werden. Kellnerinnen, die in der Frühe bedienten, konnten das an 30 aufeinanderfolgenden Morgen miterleben. Es ist kaum vorstellbar, dass keine irgendeinen Verdacht geschöpft haben könnte.

Säulenverkleidung

Auch was das Verschließen des „Bohrlochs" am Pfeiler betraf, ging Elser sehr fachmännisch zu Werk. Die Wände der Schankhalle waren mit Holz getäfert. Für den Pfeiler fertigte

Elser dasselbe Holzgetäfer an. Das aber wie eine „Tür" geöffnet werden konnte, ohne als Tür erkannt zu werden. So konnte er es am Abend problemlos öffnen, und morgens ebenso einfach verschließen.

Perfekte Planung

Akkurate Arbeit, genauer Zeitplan, am Morgen des geplanten Attentats war alles fertig. 150 Dynamit Sprengpatronen, 125 Sprengkapseln, in Eigenarbeit zu einer Bombe zusammengebastelt wurden aus dem Versteck in der Besenkammer in den ausgehöhlten Pfeiler geschafft.

Risiko

War die Höhlung groß genug für so viel Sprengmaterial. Die Gefahr beim Aushöhlen des Pfeilers bestand immer in der Möglichkeit, dass die Tragkraft des Pfeilers zerstört wird, und die Decke zu früh einstürzt.

Zeitzünder

Die größte Herausforderung für ihn aber war es, einen Zeitzünder zu konstruieren. Er war ja kein Uhrmacher. Als Schreiner hatte er nur hölzerne Gehäuse für Uhren konstruiert. Eine Quelle besagt, dass zwei englischen Geheimagenten ihm diese Zeitzünder beschafft hätten. Eine andere Quelle besagt, dass er ihn tatsächlich selbst gebastelt hat. Jedenfalls, ein Attentat in dieser Größenordnung zu planen, ist mit Sicherheit keine Kleinigkeit.

Anlass

Man sagt allgemein, dass der Ausbruch des Krieges am 01.09.1939 Anlass für Elsers Attentat gewesen sei. Dass er damit den Abbruch der Kampfhandlungen erzwingen wollte. Der „überraschende" Ausbruch des Krieges lag aber gerademal acht Wochen zurück. Die Planung des Attentats benötigte aber ein ganzes Jahr. Elser musste erst durch die Arbeit in einem Steinbruch erlernen wie man Sprengungen vorbereitet. Er musste erst in nicht zu auffälligen Mengen Sprengmaterial entwenden und lernen eine Bombe daraus zu bauen. Im Verhör hat Elsner angegeben, dass sein Entschluss, ein Attentat, zu machen 1938 nach dem Münchener Vertrag gereift sei, weil dort die Appeasement Politik von Chamberlain nicht zum Krieg geführt habe. Den Krieg nach der Sudetenkrise hätte er also begrüßt und nicht verhindern wollen.

Flucht

Ohne sich an jenem Morgen nach nervenaufreibender und anstrengender Nachtarbeit einen Schlaf zu gönnen, machte Elser sich sofort auf die Flucht. Er schlug sich durch bis Friedrichshafen. Dort bestieg er ein Schiff und fuhr nach Konstanz. Von dort aus wollte er zu Fuß nach Kreuzlingen über die deutsch-schweizerische Grenze. Allerdings nicht über die Hauptstraße, sondern auf kleinen Nebenstraßen, in der Nähe der Schwedenschanze. Trotzdem wurde er von der deutschen Polizei geschnappt, und zwar schon um 20:45 Uhr. Das waren 35 Min. vor der Explosion der Bombe. Vielleicht ein Hinweis, dass die Polizei im Bilde war. Er wurde sofort zu Gestapo gebracht, und es begannen die Verhöre, angeblich unter Folter, um Mitwisser preiszugeben, auch unter Einsatz von Drogen.

Vorsehung oder Kalkulation

Es stellt sich hier also wirklich die Frage, war die Verhinderung des Attentats ein Fingerzeig der „Vorsehung" weil Nebel den Rückflug nach Berlin verhinderte oder war er Berechnung der informierten Gestapo, um aus diesem „Wunder der Errettung" politisch Kapital zu schlagen.

Erstaunliches Zusammentreffen

Für den kommenden Tag, also dem 09.11., war ein hochrangiges Treffen von zwei der ranghöchsten englischen Geheimdienstoffiziere mit den ranghöchsten deutschen Generälen unter der Führung von Canaris anberaumt. Der Prime Minister Chamberlain und sein Außenminister Halifax haben das persönlich veranlasst. Diese Delegation sollte nach der „Entmachtung" von Hitler Friedensverhandlungen aufnehmen. Man ging also vom Erfolg des Attentats aus.

Rätsel?

Es sieht also so aus, als ob diese Generäle gewusst hätten, dass Hitler am Vorabend im Bürgerbräukeller „entmachtet" wird? Aber warum sollten sie an so einer Entmachtung Interesse haben, nach einem derart sensationell und selbst von ihnen nicht für möglich gehaltenen Sieg über Polen?

Militärische Lage nach dem Sieg

Tatsache war, Deutschland war für eine militärische Auseinandersetzung mit England überhaupt nicht gerüstet.

Der Zusammenstoß mit Polen hatte alle Kräfte des Reichs aufs Äußerste erschöpft. Konkret: Das Militär hatte „alles Pulver verschossen". Das deutsche Heer stand buchstäblich ohne Munition da. Wie sollte da ein Krieg gegen das britische Empire und das hochgerüstete Frankreich geführt werden, die beide Deutschland den Krieg erklärt hatten.

Hitlers Friedensrede 06.10.1939

Diese aussichtslose Lage war Hitler genauso bekannt wie seinen Generälen. Er bot in seiner Friedensrede vom 06.10., also sofort nach Einstellung der Kampfhandlungen in Polen und dessen Kapitulation, also schon eine Woche nachdem der letzte polnische Widerstand gebrochen war, das alles zum „status quo ante", also zum vorherigen Zustand zurückkehren sollte (selbst auf eine Verbindungsstraße zwischen dem Reichsgebiet und Ostpreußen bestand er nicht mehr). Lediglich die Stadt Danzig, die zu 98 % von Deutschen bewohnt war, sollte von den Deutschen selbst verwaltet werden, weil die Verwaltung durch Polen die Bevölkerung in unglaublichster Weise schikaniert und drangsaliert hatte.
Die Antwort der Briten: „Sie können Angebote machen, wie Sie wollen, das interessiert uns überhaupt nicht, weil wir mit einem Mann wie Adolf Hitler grundsätzlich nicht verhandeln".

Verzwickte Lage der Generäle

Diese Antwort der englischen Regierung wurde der Generalität selbstverständlich mitgeteilt. Wie sollten die Generäle darauf reagieren. Sie waren mit ihrem Beruf ja auch dem Wohle des deutschen Volkes verpflichtet. Ein Krieg mit England aber konnte in der derzeitigen Situation nur mit einer Katastrophe enden. Wenn Hitler das einzige Hindernis war, um aus dieser Situation herauszukommen, dann musste er, aus ihrer Sicht, „geopfert" werden.

Zwei Wege

Der einfachste Weg dazu war das Attentat, so wie Elser es gewählt hatte. Der zweite Weg war der schwierigere, wie Canaris ihn vorschlug. Er wollte Hitler gefangen nehmen, ihn entmachten und nach Beendigung des Kriegszustands mit England durch demokratisch legitimierte Verhandlungen und freie Wahlen mit der Bildung einer neuen Reichsregierung beginnen.

Echo aus London

Chamberlain, ein sehr vernünftiger Politiker aus einer angesehenen, hochkultivierten Familie, der schon das Münchener Abkommen gegen den erbitterten Widerstand Churchills abgeschlossen hatte, sah keinerlei Sinn in einem Krieg des britischen Weltreichs mit Deutschland. Welches Kriegsziel sollte England damit erreichen? Er stand den Vorschlägen der deutschen Generäle also sehr wohlwollend gegenüber und hatte nichts gegen geheime Verhandlungen. Sein Außenminister Halifax, ein Opportunist, hatte ebenfalls nichts dagegen. Als Atheist kannte er keine moralischen Verpflichtungen. Für ihn galt nur: Welche Entscheidung verschafft mir den höchsten Lebensgenuss und das größte Vergnügen? Und das war für ihn die Leidenschaft für die Jagd.

Churchills Widerstand

Churchill vertrat eigentlich nicht die Interessen Englands, er war der „frontman" der Amerikaner, genauer der internationalen Hochfinanz. Diese störte, dass Deutschland sich langsam von der Katastrophe seiner Niederlage im 1. Weltkrieg erholte, dass es sogar langsam „autark" wurde, d.h. unabhängig vom World Trade Center. Handelsverträge mit Argentinien wurden durch Verrechnungen mit der eigenen Währung abgeschlossen, unter Umgehung des Dollars. Die Deutschen konnten Benzin aus Kohle herstellen, waren also nicht 100%-ig auf das Erdöl amerikanischer und britischer Firmen angewiesen. Sogar Gummi für die Bereifung von Fahrzeugen konnte künstlich aus Kohle hergestellt werden, was sie unabhängig von der Einfuhr von Kautschuk machte. Kurzum, Deutschland war im Begriff ein unabhängiger Machtfaktor zu werden.

Churchills Argumentation

Er war der Meinung, es geht nicht um Hitler und nicht um den Nationalsozialismus, sondern Deutschland muss als Volk ausgeschaltet werden. Es lässt sich nicht in die Pläne zur Erzwingung einer totalen Weltwirtschaft eingliedern. Diese Gedanken waren dem englischen Kabinett nicht fremd, man kannte seine Pläne, wusste auch von seinen täglichen Telefonaten mit Franklin Roosevelt seit 1932. Er wurde überstimmt und geheime Verhandlungen mit den deutschen Generälen wurden anberaumt.

Backus aan de Grens

Diese Wirtschaft stand genau auf der Grenze zwischen Deutschland und den Niederlanden in Venlo. Dort sollten sich die britischen Unterhändler mit den deutschen Verschwörern treffen. Zu jenem Zeitpunkt waren die Niederlande noch neutral, d.h. nicht in den 2. Weltkrieg verwickelt. Wie diese Begegnung verlief steht im Londoner Decamerone. Churchill, als Chef des englischen Geheimdienstes, hatte den ganzen Plan an die Gestapo verraten. Die britischen Unterhändler liefen also Schellenberg, dem Chef der deutschen Gestapo direkt in die Hände und wurden gefangen genommen.

Aus für die englische Spionage

Bei diesem Verrat musste Churchill natürlich auch die Kontaktpersonen, d.h. die für England arbeitenden Spione in Deutschland preisgeben, damit Schellenberg an die ausgetauschten Nachrichten herankommt. Aber das war für ihn auch nicht mehr notwendig. Es galt nur noch „unconditional surrender" bedingungslose Kapitulation, d.h. Morden bis zum totalen Untergang.

Ständige Angst

Da nicht alle politisch Verantwortlichen mit diesem Kriegsziel einverstanden waren, lebte Churchill in der ständigen Angst, dass sich eine Friedensinitiative bilden könnte. Kristallisationspunkt dafür war immer noch Chamberlain. Da ereignete sich das große Glück, dass dieser kerngesunde, kräftige Mann plötzlich Magenkrämpfe bekam, kurz nach dem Zwischenfall von Venlo. Churchill konnte nun sein Amt als

Ministerpräsident antreten und bald darauf konnte er schon die Leichenrede halten, wo er die unsterblichen Verdienste seines Vorgängers rühmen konnte.

Kombination

Hitler stellte sofort einen Zusammenhang her zwischen dem geplanten Attentat im Bürgerbräukeller und dem Verrat seiner Generäle in Venlo. Er plante einen großen Prozess, wo alle Zusammenhänge aufgearbeitet werden sollten. Wegen der immer dramatisch werdenden Kriegsereignisse aber kam es nicht dazu. Damit Elser aber nicht straflos davon kommt, wurde er zwei Wochen vor Einmarsch der Amerikaner 1945 in Dachau hingerichtet. Die in Verdacht stehenden Generäle, die Hitler 1939 allein schon wegen ihrer Anzahl nicht belangen konnte, wurden im Zusammenhang mit dem Stauffenberg Attentat 1944 hingerichtet. Darunter auch Canaris. Unter den 200 Opfern damals waren allein 80 Generäle. Es ist kaum vorstellbar, wie Hitler danach noch den Krieg weiterführen wollte.

Frage

Angesichts dieser Vorgänge drängt sich eine Frage auf. Warum durfte Elsner damals am 08.11.1939 den Führer nicht mit seiner gesamten Partei in die Luft sprengen? Warum durfte Canaris und die vollzählige Generalität Hitler damals nicht entmachten? Warum erhielten die Attentäter um Stauffenberg 1944 von Attlee, dem Nachfolger Churchills, nach 1945 keinerlei Unterstützung? „Solange wir täglich eine Großstadt in Deutschland auslöschen können, ohne Gegenwehr der nicht mehr existierenden deutschen Luftwaffe, ist eine Ermordung Hitlers nicht im Interesse Englands". Das war seine Antwort an die deutschen Widerstandkämpfer.

Ausschnitte aus Hitlers Rede

Auch Hitler spricht in seiner Rede von den Schuldigen an diesem vor wenigen Wochen ausgebrochenen Krieg. Im 1. Weltkrieg wurde Deutschland von den Siegern die alleinige Kriegsschuld zugewiesen. In Wahrheit aber war schon damals der Kriegshetzer Churchill. Bei Hitler heißt es: Es waren die Lügen der gleichen Männer, die auch heute wieder lügen, weil es ja die gleichen Kriegshetzer sind, denn die Herren Churchill und Genossen haben ja schon damals am Krieg teilgenommen. Insofern ist alles gleich geblieben... Heute hetzt Churchill wieder zum Krieg, aber in Deutschland ist nun eine andere Regierung.

Churchills Lügen 1914

Hitler zitiert sinngemäß, was Churchills zu Beginn des 1. Weltkriegs sagt: „Wir Engländer kämpfen dafür, dass das deutsche Volk erlöst wird von den Lasten seines Militarismus. Es soll frei werden, es soll so weit kommen, dass es keine Waffen mehr zu tragen braucht... Wir wollen es verhindern, dass es noch jemals Waffen tragen kann, um es ganz frei zu machen".
Diese Worte klingen erstaunlich ähnlich wie die Schlusserklärung des UN Vertrags von 1941 und der Interpretation der 4. Freiheit, wo von einer Welt ohne Furcht und ohne Waffen gesprochen wird.

Es kommt noch besser

Die Übereinstimmung mit der UN Erklärung wird noch eklatanter. Hitler zitiert: „England führt Krieg, so sagt man, um endlich den Krieg auszurotten… Man strebt nach einem Frieden ohne Entschädigung und als Bekrönung dieses Friedens nach einer allgemeinen Abrüstung und einem ewigen Völkerbündnis".
Was daraus geworden ist zeigt der Versailles Vertrag.

Weltpolizist

Es ist nicht uninteressant, weitere Punkte aus Hitlers Rede zu erfahren. Seine Rede kann im Internet in ihrer Gänze gelesen werden. Es ist nicht einmal strafbar.
Hitler sagt: „Auch wir sind der Meinung, dass dieser Krieg ein Ende nehmen muss, und das nicht alle paar Jahre wieder einer kommen kann und kommen darf. Wir halten es daher für notwendig,… dass der Zustand ein Ende nimmt, das ein Volk sich anmaßt, den Weltpolizisten spielen zu wollen und überall dreinreden zu wollen".

Programm

Hitlers Rede endet mit der Vorstellung des „Programms" seiner Bewegung und das besagt nach seinen Worten nichts anderes als, wir müssen „unseres Volkes Leben und Dasein auf dieser Welt sicherstellen". Gegen diese Meinung haben eigentlich nur die Grünen Bedenken. Alle anderen Parteien sind der Meinung, dass auch die Deutschen ein Lebensrecht haben, wie alle anderen Völker der Welt.

Urteil über die Zeit 1933-45

Ein Urteil über 12 Jahre Nationalsozialismus ist vielschichtig. Die alleinige Kriegsschuld am 2. Weltkrieg aber den Deutschen in die Schuhe zu schieben, muss in Frage gestellt werden. Viele Konsequenzen hängen davon ab und immer wieder werden Zahlungsforderungen in Milliardenhöhe zur Wiedergutmachung gefordert.

Kriegstreiber heute

Zudem versperrt der einseitige Blick auf Hitler als alleinigen Kriegsverursacher die aktuelle Situation, in der dieselben Kriegstreiber von damals auf den 3. Weltkrieg zusteuern.

Der neue Bösewicht

Man hat in Putin den neuen Bösewicht entdeckt. Seit den 20 Jahren, die er nun an der Macht ist, hat noch keine der westlichen Zeitungen auch nicht ein einziges Mal etwas Positives über ihn berichten können. Dagegen findet die freie Qualitätspresse der westlichen Wertegesellschaft in Europa und in den USA täglich neue Schandtaten dieses Despoten.

Erstschlagstrategie

Man muss dieser allgemeinen Bedrohung und Aggressivität Putins mit der „Erstschlagstrategie" zuvorkommen. Sie besagt, wenn es mit einem atomaren Erstschlag gelingen würde, sämtliche Machtzentren und Millionen Städte Russlands auszuschalten, so dass dann keine Reaktion des angegriffenen

Landes mehr möglich sein würde, könnte der allgemeine Weltfrieden hergestellt werden.

Putins Bosheit

In seiner Bosheit hat Putin dieses angestrebte Ziel der USA verhindert. Er hat seine Atomraketen auf U-Booten stationiert, die ständig ihren Standort wechseln, die sich teils unter den Eiskappen am Nord- und Südpol verstecken. Das hat das Pentagon bisher abgehalten, diesen „Erstschlag für den Weltfrieden" auszuführen.

Xi Jinping

Aber selbst, wenn das gelingen sollte, gibt es immer noch einen ganz schlimmen Diktator in China: Xi Jinping.
Er hält die Menschenrechte nicht ein, obwohl unsere deutschen Politiker bei jeder Reise nach Peking dies anmahnen.

Senkaku Inslen

Zurzeit verhält er sich äußerst aggressiv. Eine Inselgruppe, am Rand des chinesischen Festlandsockels, wird aufgeschüttet und die kleinen Inseln und die großen Felsen, die aus dem Meer ragen, werden miteinander verbunden. Dort sollen Bewohner angesiedelt werden, weil reiche Fischbestände dort vorhanden sind und Bodenschätze gehoben werden können.

Gefahr für USA

Das kann von amerikanischen Militärs natürlich nicht geduldet werden. Diese Inselgruppe liegt nämlich direkt vor der amerikanischen Haustür, nur 10.000 km durch den pazifischen Ozean vom amerikanischen Kontinent getrennt. Mit anderen Worten. Es ist eine akute Bedrohung der amerikanischen Sicherheit.

Das Problem ist nur, wie kann das bevölkerungsreichste Land der Erde mit 1,5 Milliarden Menschen, besiegt werden.

Pentagon

Die zentrale Stelle für alle Kriege weltweit plant für die Vernichtung Chinas den Einsatz von biologischen Waffen. Die effektive Entwicklung der Vogelgrippe müsste durch eine Pandemie zum Erfolg führen.

Der Einsatz von Atombomben für so viele Millionen Städte Chinas würde zu einer atomaren Verseuchung führen, die auch den amerikanischen Kontinent erreichen würde, selbst wenn China keine Gegenwehr im geplanten Krieg einsetzen könnte.

Einfluss der Politik

Wohin steuert die Weltpolitik? Kann die deutsche Politik darauf Einfluss nehmen? Unsere Regierung steuert vollständig im Fahrwasser der verbrecherischen US Politik. Hat Vernunft so gar keine Chance?

Nordstream 2

Putin möchte gerne Gas preiswert an Deutschland verkaufen, damit er mit dem dafür eingenommenen Geld Maschinen aus Deutschland kaufen kann. Deutschland braucht das Gas, weil Solarkraft und Windräder nicht genügend Energie für seine Industrie produzieren.

Deutsche Ingenieure würden gerne deutschen Wertarbeit nach Russland exportieren. Das darf aber nicht geschehen, weil „Politik Vorrang hat" vor „wirtschaftlicher Vernunft", so bestimmt unsere Regierung.

Chinahandel

Auch China treibt mit Deutschland erfolgreich Handel. Auch das soll eingeschränkt werden. Warum eigentlich? Sich gegenseitig mit Raketen zu bekämpfen, soll das die bessere Option sein.

Lösung

Die einzige Lösung wäre, durch Volksentscheide über alle lebenswichtigen Belange der Bevölkerung abzustimmen. Unsere Politiker sind unfrei, weil die BRD nicht souverän ist und noch unter Besatzungsrecht steht. Zum Teil sind die Vertreter auch gekaufte Handlanger ausländischer Großkonzerne und internationaler Interessengruppen. Ihre Entscheidungen sind grundsätzlich nicht zum Wohl des Volkes, sondern gegen das Volk gerichtet.

Krieg oder Friede?

Ein Volksentscheid würde in Deutschland mit Sicherheit niemals einen 3. Weltkrieg befürworten, zu dem uns die Vertreter des „Deep State" in USA und in der Nato drängen.